다정한 호칭

이은규 시집

문학동네시인선 018 이은규

다정한 호칭

시인의 말

옛날 인간에게 노래가 없던 시절

하늘에 있는 나무의 씨앗을 훔친 죄로

여러 가지 어려움을 겪은 끝에

시를 얻게 되었다는 한 부족의 신화

내 안의 신에게 첫 노래를 전한다.

2012년 3월
이은규

차례

시인의 말 005

1부

점등(點燈) 012
나를 발명해야 할까 013
바람의 지문 014
구름을 집으로 데리고 가기 016
차갑게 타오르는 018
아홉 가지 기분 020
미병(未病) 022
아름다운 약관 024
누가 나비의 흰 잠을 까만 돌로 눌러놓았을까 026
추운 바람을 신으로 모신 자들의 경전 028
애도의 습관 030
구름의 무늬 032
별무소용(別無所用) 034

2부

벚꽃의 점괘를 받아적다 038
어접린(魚接隣) 040

청진(聽診)의 기억 042
꽃은 나무의 난청이다 044
미간(眉間) 046
나무의 눈꺼풀 048
애콩 050
조각보를 짓다 052
물 위에 찍힌 새의 발자국은 누가 지울까 054
허공에 스민 적 없는 날개는 다스릴 바람이 없다 056
별들의 시차 058
별이름 작명소 060
놓치다, 봄날 062
모란을 헛딛다 064

3부

속눈썹의 효능 068
바늘구멍 사진기 070
육첩방에 든 알약 072
아직 별들의 몸에선 운율이 내리고 074
꽃을 주세요 076
숨 막히는 뒤태 077

발끝의 고해성사 078
소금사막에 뜨는 별 080
심야발 안부 082
손목의 터널 084
기억의 체증 086
죽은 시인과의 연애 088
달로와요 090
툭 092
허밍,허밍 094

4부

살별 096
화살 맞은 새 098
꽃그늘에 후두, 빗빙울 100
고경(高景) 102
묵독(默讀) 104
오래된 근황 106
꽃씨로 찍는 쉼표 108
견고한 눈물 110
별의 사운드 트랙 112
구름의 프레임 114

아침 꽃을 저녁에 줍다 116
손목을 견디다 118
역방향으로 흐르는 책 119

해설 | 사이를 듣는 귀와 견딤의 가설 121
| 조강석(문학평론가)

1부

점등(點燈)

책장을 넘기는데 팟, 하고 전구가 나갔어요 밝기의 단위를 1룩스라고 할 때 어둠의 질문, 당신의 밝기는 몇 룩스입니까 탐미적인 어느 소설가는 소설리즘이 수많은 밤을 소모시킨다고 불평했어요 그토록 와일드한 오스카 이야기, 안타깝지만 그는 빈궁을 벗 삼아 죽어갔어요 뜻밖에도 오늘의 밑줄은 성서의 한 구절, 보이는 것을 바라는 것은 희망이 아니다

우리가 혁명의 스위치를 올리는 순간, 세상이 점등될 거라 선언해요

때로 이상한 열기에 전구 내벽이 까맣게 그을리기도 할 거예요 어둠의 공기를 마신 시인의 폐벽(肺壁)처럼, 그럴 때 필라멘트는 일종의 저항선으로 떨려요 가는 필라멘트 같은 희망으로 아침을 켤 수 있을지 귀 기울여요 고백하자면 세상을 글로 배웠습니다 책 속에 길이 있다면, 오늘의 밝기는 몇 룩스입니까

나를 발명해야 할까

정말 구름을 집으로 데려오는 일이 불가능하다고 믿는 걸까 사람들은 조금쯤 회의주의자일 수도 있겠구나 설령 빙하를 가르는 범선이 난파를 발명했다고 해도 깨진 이마로 얼음을 부술 거야 쇄빙선에 올라 항로를 개척할 거야 열차가 달리는 이유를 탈선이라고 말하지는 않겠지만 말이야 사람들은 궤도를 이탈한 별들에게 눈길을 주는 걸 몹시 염려해 평범한 게 좋은 거라고 주술을 멈추지 않지 누군가 공기보다 무거운 비행기를 띄운 오만함이 추락을 발명했다고 말한다면 그럴 수도 그럴 수도 있겠다 하지만 모든 이동은 늘 매혹적인 걸 나로부터 멀어져 극점에 다다르는 것으로 나를 발명해야 할까 흐르는 구름을 초대하고 싶은 열망으로

바람의 지문

먼저 와 서성이던 바람이 책장을 넘긴다
그사이
늦게 도착한 바람이 때를 놓치고, 책은 덮인다

다시 읽혀지는 순간까지
덮인 책장의 일이란
바람의 지문 사이로 피어오르는 종이 냄새를 맡는 것
혹은 다음 장의 문장들을 희미하게 읽는 것

언젠가 당신에게 빌려줬던 책을 들춰보다
보이지 않는 지문 위에
가만히, 뺨을 대본 적이 있었다
어쩌면 당신의 지문은
바람이 수놓은 투명의 꽃무늬가 아닐까 생각했다

때로 어떤 지문은 기억의 나이테
그 사이사이에 숨어든 바람의 뜻을 나는 알지 못하겠다
어느 날 책장을 넘기던 당신의 손길과
허공에 이는 바람의 습기가 만나 새겨졌을 지문

그때의 바람은 어디에 있나
생의 무늬를 남기지 않은 채
이제는 없는, 당신이라는 바람의 행방을 묻는다

지문에 새겨진
그 바람의 뜻을 읽어낼 수 있을 때
그때가 멀리 있을까,
멀리 와 있을까

구름을 집으로 데리고 가기

한낮의 술래잡기

그가 새 모양의 구름을 가리키며 말했지
저 새가 나무를 지나갈 때까지
술래를 잡는 거야

나무와 가까워지는 동안
새는 한쪽 귀가 접힌 토끼가 되었다가
금세 구름모자로 떠다녔다

구름을 통과하지 못한 햇빛이
반사되어 흩어지던 시간

나무 꼭대기에 구름모자 걸릴 때 구름의 평균 수명은 얼마일까 투명하게 웃는 잇몸일 때, 어느새 나무를 떠나고 있던 구름 한 점

평균 수명과 사라지는 시점은 일치하지 않는다
한 구름이 다른 구름이 되는 동안
보이는 그가 보이지 않는 그가 되는 시간

구름을 사랑한 어느 과학자, 해거름 후 일 분이라도 더 이리저리 흩어지는 구름을 따라 하늘을 바라봤다고 하지

어둠을 통과하지 못한 구름이
하늘 너머로 흩어질 시간

없는 새를 토끼를 모자를 술래를
집으로 데리고 가기
해거름 일 분 전

차갑게 타오르는

몇 점 눈송이가 겨울을 데리고 왔다
편백의 숲으로

여독에 물든 것들은
왜 추운 바람 냄새를 묻히고 다니는 걸까, 관성처럼
기다리는 안부는 멀고
희망이 가장 먼저 죽는다는 말을 의심해보기로 한다

두고 온, 나를 잊을 수 없다
편백나무의 기억을 기억하는 어느 화가처럼

어둠일수록 별을 아끼는 이유
다가올 문장들이 기록된 문장들의 주석이 되어서는 안 된다
해석에의 동경보다 오독을 즐겨 할 것
언제일까 스스로 귀를 자를, 문장의 시간

두통의 잉여를 달래는 요법
이마에 물먹은 편백나무 한 조각 올려놓는다
피톤치드 피톤치드
소리 없이 속삭이는 별들
두고 간, 화집 속엔 차갑게 타오르는 편백나무

여독의 몸이 보내온
추운 바람 냄새가 닿을 것 같은 밤, 관성처럼
기다리지 않은 안부는 가깝고
희망이 가장 나중에 죽는다는 말을 의심해보기로 한다

죽음보다 더 나은 것들을 발견할 수 있을까
요법의 겨울 도처에서

아홉 가지 기분*

열에서 하나를 덜거나
여덟에 하나를 더한 수
아홉, 수

만약 불리한 아홉 가지 매력과
한 가지 유리한 재앙이 있다면
무엇을 덜거나
무엇을 더해야 할까
죽음이 여기서의 끝이고
저기로의 이동이라면
닿아 있는 시간과
닿아야 할 곳의 시차를 환산할 수 있을까

시차를 두고 사라진 음악가들
아홉 편의 교향곡을 작곡한
첫 작품에 0번을 매겼어도 소용없었다는
아홉, 수

다가오는 절기를 열면
나무에 아홉 프렉탈의 눈송이
눈송이에 아홉 소울파트의 호흡
호흡에 아홉 뭉치의 안개
안개에 아홉 마리의 새

새에게 아홉 채도의 깃털
깃털에게 아홉 지명의 바람
바람에게 아홉 가지 기분

그리고 한 점,

* 밴드 네스티요나(Nastyona)의 노래 제목.

미병(未病)

병(病)이 양식이다

병들어 누워 있으면 오래 먹지 않아도, 배고픈 줄 몰라 먹지 않게 된다 그만큼 양식이 남음을 이르는 말

오늘도 병과 병 이전을 서성인다
오고 있는 시간들의 이본(異本)인 미병

그만큼 양식이 필요함을 이르는 말
새벽구름이 빗방울로 귀가할 때 밤보다 먼저 도착한 허기, 그대로 쓰러져 자는 날이 길다

누군가 말했지
저 여자를 봐요 얼마나 부끄러울까
옷 속에서 완전히 벌거벗었네

일신(一身)의 난(難)은 부끄러운 게 아니다 다만 불편할 뿐이라는 위로를 동그랗게 묶어, 돼지꼬리표를 달아 던져버리고

죽지 않을 만큼 고단할 수 없을까
부정형으로 내리는 빗방울이 눈금에 새겨지고 있다

미병, 아직 병이 아니므로
여러 이본들은 날마다 새로 태어나고

아름다운 약관

세계가 바뀔 것 같은 예감이므로

마시는 것 외에는 아무것도 하지 않았다는
야자열매술꾼처럼 마신다
흰 꽃의 뺨이 붉어질 때까지

오늘의 문장에 밑줄을 긋다
날자 날자 한 번만 더 날자꾸나
어떤 문장은 자루 속 짐승을 떠올리게 한다
파이프를 문 당신처럼
수줍은 광기, 보랏빛 그을음으로
폐벽(肺壁)에 번질 때까지 피운다

몸을 가누기 어려워질 즈음
없어도 좋을 그들보다
차가운 방바닥에 그만 무릎 꿇을까
두 손으로 무릎을 끌어안아 스스로를 묶을까

세계는 견고하기도 하지
자루같이 비좁은 방에 짐승처럼 웅크리다
베개 밑 노트를 펼치면
후두둑 떨어지는 단정한 필체의 절망들
가을의 페이지, 낙엽 대신 끼워놓은 계약서 한 장

그들은 묻는다
약관에 동의합니까
동의하지 않겠습니다
아름다운 약관의 시절은 오지 않았으므로
잠결, 마치지 못한 문장을 쓰는 밤

세계가 바뀔 것 같은 예감의

누가 나비의 흰 잠을 까만 돌로 눌러놓았을까

분다, 바람이
소금사막의 불편한 이름들은 바람의 입김을 타고 온다
더이상 젖을 수도 없는 것들
입김을 거둔 바람이 구름 근처를 서성이고
기억에서 떨어진 모래알은 반짝

사막을 걷는 당신
버리고는 가도 놔두고는 못 간다는 말이 있다
두고 온 기억들이 걸음마다에 흘러내리는 걸 볼 때
믿지 마, 사막은 사막 내부로 돌아갈 테니

그러다 문득 흰나비를 만나게 된 당신
모래의 말들이 염기에 서걱거리는데
소금사막에 누워 있는 날개 두 점

누가 나비의 떠도는 흰 잠을 까만 돌로 눌러놓았을까

사막에서의 멈춤은
다만 풍화를 견디며 구름의 말들에 귀 기울이는 일
까만 돌 밑에 오래 잠든 허공의 기억

저 풍경은 나비 무덤일까, 아닐까

그만 바람처럼 흩어지고 싶을 때
당신은 소금사막의 내부로 숨어들고 싶겠지
그곳에서의 기억은 스스로 염장되므로
나비는 잠 속에서도 허공의 무늬로 떠돌 것이다

구름 근처엔 바람도 없고
기억에서 떨어진 모래알은 반짝
잠든 나비의 흰 잠이 차가운 이마에 닿는 순간
분다, 당신이

추운 바람을 신으로 모신 자들의 경전

어느 날부터 그들은
바람을 신으로 여기게 되었다
바람은 형상을 거부하므로 우상이 아니다

떠도는 피의 이름, 유목
그 이름에는 바람을 찢고 날아야 하는
새의 고단한 깃털 하나가 흩날리고 있을 것 같다

유목민이 되지 못한 그는
작은 침대를 초원으로 생각했는지 모른다
건기의 초원에 바람만이 자라고 있는 것처럼
그의 생은 건기를 맞아 바람 맞는 일이
혹은 바람을 동경하는 일이, 일이 될 참이었다

피가 흐른다는 것은
불구의 기억들이 몸 안의 길을 따라 떠돈다는 것
이미 유목의 피는 멈출 수 없다는 끝을 가진다

오늘 밤도 베개를 베지 않고 잠이 든 그
유목민들은 멀리서의 말발굽 소리를 듣기 위해
잠을 잘 때도 땅에 귀를 댄 채로 잠이 든다
생각난 듯 바람의 목소리만 길게 울린다지
말발굽 소리는 길 위에 잠시 머무는 집마저

허물고 말겠다는 불편한 소식을 싣고 온다지
그러나 침대 위의 영혼에게 종종 닿는 소식이란
불편이 끝내 불구의 기억이 되었다는
몹쓸 예감의 확인일 때가 많았다

밤, 추운 바람을 신으로 모신 자들의 경전은
바람의 낮은 목소리만이 읊을 수 있다
동경하는 것을 닮아갈 때
피는 그쪽으로 흐르고 그쪽으로 떠돈다
지명(地名)을 잊는다, 한 점 바람

애도의 습관

없는 목소리

너라는 소음에 시달리지 않기 위해 쓴다

잃어버린 시간을 찾아서

네 벽을 코르크로 도배한 침실 속으로 숨어든 한 사람

애도의 습관은 존중되어야 한다

그때의 방은 방일까, 무덤일까

너라고 쓰고 나라고 읽는다

기억의 납골당에 너를 안치하고 입구를 봉인하는 일

아직 내 것인 열망들을 말해야 할 때

네 것인 의심들을 이미 들어야 할 때

비유는 과연 올바른 방법일까

쓴다, 소음에 시달리지 않기 위해 너라는

목소리가 없다

구름의 무늬

눕는 순간, 관이 되기에 알맞은 방

작은 창으로 구름을 바라보다
맺히기를 망설이는 수증기에
기저(基底)눈물이라는 이름을 짓는다

어떤 기억은
방울로 맺히지 않을 뿐 눈을 깜박일 때마다 일상의 얇은 막 위를 흐른다, 흐를까

기저의 물길을 거슬러 오르면
오래전 죽은 이의 연작에서
당신을 이해할 것만 같은 밤이 자주 찾아와서 두렵다는 문장을 발견한다
밑줄을 긋지 않기 위해 노력하는 오후

언젠가 채운(彩雲)역을 지나며
그 지명에서 태어난 시인에 대해 말해주던 당신, 살에서 구름 냄새가 날 것 같은 날들이었다
같은 시인을 함께 동경하는 일은 우연이거나 우연일 뿐

흘러간 구름의 당신과
흐르고 있을 구름의 무늬를 듣기 위한 질문이 길다

구름아, 전생을 누구에게 걸까

나는 종종 거의 실행되었다는 생각에 시달린다
가로막힌 하늘 앞에서 몇 점 색으로 찢겨져 나온 구름의 나선처럼
같은 질문에 다르게 대답해야만 할 것

도처에 기저눈물들 고요하고
왜 예감은 너무 일찍 혹은 아주 늦게 도착하는 걸까

지나간 부음을, 구름의 무늬에게서 미리 듣는 방

별무소용(別無所用)

고장 난 오르골
화음을 잃어버린 거야, 잊어버렸다는 사실을 잊은 거야
태엽에 남은 겨울을 감으면 문득, 봄

긴 기다림일수록 빨리 풀리는 바람의 태엽
입김을 동력 삼아 한 꽃이 허공을 새어나온다
찢겨진 것들의 화음으로 소란한 봄
꽃은 피는 것이 아니다,
찢겨진 허공에서 새어나오는 것일 뿐

풀리려는 힘을 동력으로 삼는 것들의 절기

열어놓은 오르골을 닫지 못하는 날이 길다
막 찢겨져나온 꽃의 그늘을 디디면
차라리 지독한 근시를 앓고 싶어, 앓고 싶지 않아
피 냄새로만 붉어지는 향기의 구멍

바람이 거두어간 화음을 바라본다
꽃이 눕는 자리에 내가 누우면 어느 도착이 있을까
혼자 볼 수 없는 꽃이 너무 가깝듯
때로 어떤 이름은 잊어버리는 것으로 잃어버려야 하는 것
아직 도착하지도 않았는데, 가는 봄

혼자 보는 꽃에 눈이 멀 수 있다고 믿는 순간
나는 장님이 되어가는 사람의 마지막 남은 눈동자처럼 고독하다*

바람이 이 문장을 데려가주면, 데려가줬으면
때를 놓친 오르골 소리는 이미 바람이고
서성이는 꽃의 향기도 돌려보내야 하는 때

저 바람에게서 누군가의 연착을 예감한다
풀리려는 힘으로 감기는 바람의 태엽이라 해도
화음을 잊은 오르골은 소용이 없거든
봄은 잠시만 있거든

* 블라디미르 마야코프스키, 「나 자신에 관하여」에서.

2부

벚꽃의 점괘를 받아적다

봄기운도 참
바람이 이렇게 달아 살살 간지럽겠다

몽글몽글 벚꽃의 아치 아래서
당신은 봄의 호작질에 놀아나는 중이다
시시로 연인의 입술에 달라붙은 꽃잎을
훕— 하고 숨결로 떼어내거나
꽃을 먼저 보낸 성급한 푸른 잎이
연인의 분홍 잇몸에 돋아나는 걸 보겠다
혹은 흩날리는 벚꽃이 허투루 흘리는 점괘 따위를
받아 모시거나, 애면글면하거나

구운몽에 문자(文字)로 수작을 건넨다는 말이 있다 오늘의 문자는 다름 아닌 벚꽃의 아스라한 점괘, 쉬 풀리는 점괘는 사설일 뿐 오래 헤매도 좋을 당신이겠다 마침 연인의 입매가 쉽사리 홀릴 운사우 아닌데, 애간장이라도 살살 무쳐 연인의 입맛을 돋울 수 있다면

그러니 당신, 화전놀이에 수작이 빠져서야 될까
꽃술이 서로의 입술에 번지듯 물들고
술잔에 꽃잎 돌 듯 꽝꽝 언 피가 돌고 나서야
비로소 꽃이 꽃처럼 보이는 경지

벚꽃의 점괘를 받아적는 일이란
꽃이 꽃처럼 보이는 찰나에
바람의 운율로 꽃비가 내리기 시작하는 것처럼 얄궂은 일
혹은 그 꽃비를 두 손에 받아 모으려는 어리석음
가는 봄날 벚꽃의 저 흩날림은
안 들리던 점점의 향기가 허공에 잠시 머무르는 것일 뿐
빈 점괘는 꽃의 후대(後代)에나 돋아날 일

봄은 파열음이다
그러니 당신, 오늘의 봄밤
꽃잎의 파열음에 귀가 녹아 좋은 곳 가겠다
생을 저당 잡히고도 점괘 받는 일이 잦을 당신이겠다

어접린(魚接隣)

나무의 살이 꽃잎이라면, 비늘은 물고기의 살
모든 살의 마지막 이름은 뼈

스스로 체온을 조절하지 못하는 몸들이 있다
떨어져나갈 살점인 줄도 모르고
꽃잎을 살 삼아 바람에게 말 거는 나무와
물의 진동을 비늘에 새기는 물고기
저만치 물의 허공에 어리는 꽃무리
노닐던 물고기 비늘에 꽃잎 한 점, 후두둑 박힌다

때는 바야흐로 만화방창
물의 방으로 숨어드는 물고기 두 마리
비린 몸들, 숨의 구멍을 지나 저미듯 스미고
귀엣말들 맨 처음인 듯 반짝인다
스락스락 비늘들의 언행은
들음직도 하고 보암직도 할 것

그러니 어접린이 알맞겠다
물고기들이 서로의 비늘을 비벼대는 듯한 체위
온몸으로 다독이는 것들이 있다
물기가 돌아, 비린 공기가 환해진다면
잠시 살 만할까 살맛이 날까
출렁임으로 서로의 체취가 환기될 때마다

살의 수면에 후각의 무늬들이 반짝이고
때로 어떤 기억은 뼈가 아프게 박힌다

생의 체온은 그렇게 잠시, 데워진다 데워질까
저 물고기들의 체위
바람이 거두어 갈 온기인 줄도 모르고

몸 안의 절망이 모여 몸 밖의 체위가 된다
뼈가 닿을 듯 뼈가 닿을 듯,
닿지 않음이 닿지 못함으로 오래 기억될 뿐
기억의 형질은 후대(後代) 없이 스르르 풀릴 것

두 몸은 두 물고기로 끝날 것
물고기 비늘에 물드는, 꽃잎 한 점의 호시절

청진(聽診)의 기억

누가, 두 귀를 잘라 걸어놓았을까

유리창 너머 금속성의 귀
노을을 흘리며 허공을 듣고 있는 청진기였다
의료에 쓰이기보다 헤드셋에 가까운

당신을 듣기 위해 항상 열어두었던 내 귀
채집된 음을 기억의 서랍 속에 숨겨놓은 날이 길다
귀는 깊어 슬픈 기관일 거라는 문장

말더듬이였던 당신
마음을 따라가지 못한 말들이 몸을 떠도는 거라는 소견이 있었다
함께 받은 처방은
구름의 운율에 따라 문장 읽기를 하라는 것
혹은 가슴에 귀를 대고 기다려주기

청진, 듣는 것으로 보다
모든 병은 마음이 몸에게 보내는 안부
말더듬이를 앓는 건 그가 아니라 마음이었으므로
말에 지칠 때마다
당신은 구름이 잘 들리는 내 방 창문을 두드렸다
문장 읽기를 하다 당신의 가슴에 귀를 묻으면

금세 꿈꾸는 숨소리, 차라리 음악이었고

어느 의사가 병명을 알 수 없는 환자가 안타까워 체내의 음에 귀 기울인 데서 시작되었다는 청진의 기원

이제 당신은 멀리 있고
청진할 수 있는 날이 오지 않을 것이므로
두 귀는 고요한 서랍이다

그때의 구름만 내재율로 흐르는 창

꽃은 나무의 난청이다

모든 소리들이 죽지 않는 건 귀가 있기 때문이다

귀는 당신의 말들로 붐비고
이미 듣지 않거나, 돌려보낼 수 없는 약속들의 절기
화색(花色)의 속도가 바람으로 질 때
꽃을 잃어버린 나무는 서둘러 푸른 잎들을 틔운다
잎은 꽃에게로 열린 나무의 귀

일렁이는 잎들은 허공의 소관일 것
바람을 동경해 바람으로 흩어진 사람이 있다
들리는 순간 약속이 되어버린 말들
오래전 들었던, 그러나 돌려보낼 곳을 잃은

나무는 봄 내내 난청을 앓다
꽃이 보이는 순간, 제 그림자로 지는 화색을 듣게 될 것이다

착란의 봄이 꽃을 따라가면
남겨진 나무의 계절이란 꽃 진 자리의 허공을 견디는 일
귀는 한 목소리를 가진 말들로 붐비고
나무의 난청은 꽃에게서 와서 꽃에게로 가는 중이다

누워서도 아직 흔들리고 있을까

땅 밑을 흐르고 있을 추운 바람

서서히 청력을 잃는 방법, 미로성(迷路性) 난청을 소원하다
길을 잃어버린 그해 꽃이 다시 들려올까
몇 잎의 귀를 떨어뜨리며 묻는 나무에게
추운 바람을 빌어 잎들을 거둘 뿐이다
언젠가 난청의 소원이 이뤄질 때

꽃, 닫힌 귀의 나무 그림자로 지는

미간(眉間)

눈썹과 눈썹 사이
미간이라 부르는 곳에 눈이 하나 더 있다면
나무와 나무 사이
고인 그늘에 햇빛 한줄기 허공의 뼈로 서 있을 것

최초의 방랑은 그 눈을 심안(心眼)이라 불렀다
왜 떠도는 발자국들은 그늘만 골라 디딜까
나무 그늘, 그의 미간 사이로 자라던 허공의 뼈

먼 눈빛보다 미간이 좋아
바라보며 서성이는 동안 모든 꽃이 오고 간다

나무가 편애하는 건 꽃이 아니라 허공
허공의 뼈가 흔들릴 때 나무는 더이상 직립이 아니다
그늘마다 떠도는 발자국이 길고

뒤돌아보는 꽃처럼 도착한 안부, 어느 마음의 투척(投擲)이 당신의 심안을 깨뜨렸다는 것
돌멩이가 나뭇잎 한 장의 무게도 안 되더라는 말은 완성되지 않았다
온전한 무게에 깨진 미간의 기억이 치명적이었다는 소견, 왜 미간의 다른 이름은 명궁(命宮)일까

사람들이 검은 액자를 오래 바라보지 않는다
화염의 칼날이 깨끗이 발라낸 몸, 뼈가 아직 따뜻한데
직립을 잃은 허공이 연기가 되어 흩어진다
눈인사 없이 떠난
그가 나무로 다시 태어날 거라고 믿지 않는 봄날

투척의 자리에
햇빛의 무늬, 밀려가고 밀려오는

나무의 눈꺼풀

잎은 나무의 수많은 눈꺼풀
둥치가 바람에게 말을 걸고 나무의 기억이 흔들린다
기억 몇 잎 떨어진다 해도 한 뼘 그늘을 개의치 않을 나무
잃어버리다, 잊어버리다

잠든 당신의 눈꺼풀에 반달이 내려앉으면
기울지 마, 기울지 마
나무의 그늘에게서 빌려온 긴 소절을 외운다

우리는 식물이 아니어서 꼭 두 개의 잎을 갖는 슬픈 종(種)

눈꺼풀을 떠나보낼 때의 나무는
새로 돋아날 후생(後生)의 잎들을 이미 깜박이고 있을 텐데
다만 몇 잎의 기억, 후두둑 강물 위로 떨어진다면
물 위로 흐르는 눈꺼풀의 변주에 오래 귀 기울일 뿐

물에 관한 나무의 기억이란, 내 몸의 수액이 나이테를 돌아 당신에게 가닿는 이치

잠든 눈꺼풀에 눈꺼풀을 포개어보는 일
몸에 푸른 물이 들어도 좋겠지만 우리는 식물이 아니어서

잠들지 않기 위해 눈꺼풀을 잘라냈다는 어느 방랑
또한 잠들지 않기 위해 잎을 떠나보내는 나무처럼
당신은 내 검은 안구마저 지우는 흑점의 시간일 것

언젠가 눈꺼풀의 떨림으로 오는 당신의 안부를 맞겠다
기울지 마, 기울지 마
나무의 그늘에게서 빌려온 긴 소절을 다 외우기도 전에

텅 빈 나뭇가지에 걸릴 반달의 눈꺼풀

애콩

어느 마을에선 완두콩을 애콩이라 부른다

덜 여문 것들에게선 왜 날비린내가 나는지
푸른 날비린내가 나는 이름, 애콩
생의 우기를 건너다 눅눅해져 애를 태우는 것들

엄마는 왜
이 밤에 콩을 까실까, 콩을
불도 안 켜고

꼬투리를 세워 깍지를 열었는지
텅 빈 시간 몇 알 후둑, 후두둑
그릇 위로 떨어지는 소리 들린다
잠시 한숨을 고르고
알맹이들을 한쪽으로 쓸어 모으는 손길

알맹이라 착각하고 싶은 둥근 시간들이
꼬투리라는 최초의 집을 떠나면
차오른 허공을 바라보며 허부렁해질 저 꼬투리

열린 방문 사이로 말없이 묻는다
엄마는 왜
이 밤에 콩을 까, 콩을

문틈의 빛줄기 너머로 말없이 들린다
잠이 안 와서, 잠이

철없는 애콩이
꼬투리 잡힐 과오들을 푸르름이라 착각하며
날비린내의 몸을 말아 둥글게 누워 있다

최초의 몸이면서 집인 콩꼬투리
덜 여문 날들을 다독이느라 푸른 물이 들었을 손
그 손이 인기척도 없이 방문을 닫는다
집은 아직 따뜻하다
나는 닫힌다, 한 철

조각보를 짓다

그믐, 공명 쟁쟁한 방에 외할머니 앉아 있네요 오롯한 자태가 새색시처럼 아슴아슴하네요 쉿, 그녀는 요즘 하늘에 뜬 저것이 해이다냐 달이다냐, 세상이 가물가물한다네요 오늘따라 총기까지 어린 눈빛, 오방색 반짇고리 옆에 끼고 앉아 환히 열린 그녀, 그 웃음 자락에서 꽃술향이 피어나기는 어찌 아니 피어날까요 시방 그녀는 한 땀 한 땀 시침질하며 생의 조각보를 짓고 있네요 허공 속에 자투리로 남아 있을 어제의 어제들 살살 달래며, 그 옆에서 달뜬 호명을 기다렸을, 아직 색스러움이 서려 있는 오늘의 오늘들을 공들여 덧대네요 때마침 그믐에 걸린 구름이 얼씨구 몸을 푸는데, 세상에서 제일 바쁜 마고할멈 절씨구 밤 마실 나왔나봐요 인기척도 없이 들어와선 그녀 옆에 척하니, 그 큰 궁둥이를 들이밀더라고요 그러더니 공든 조각보가 어찌 곱지 않으랴, 조각보에 공이 깃들면 집안에 복인들 왜 안 실리랴, 이러구러 밉지 않은 훈수를 두네요 마치 깨진 기왓조각으로 옹송옹송 살림 차리던 소꿉친구 모양새로 옆에 앉아서는 말이지요 마고할멈의 넓은 오지랖이야 천지가 다 아는 일, 그 말씀 받아 모신 그녀는 손끝을 더욱 맵차게 다독이네요 한때 치잣빛으로 터지던 환희들이 어울렁, 석류 잇속 손이 아린 화상의 점점들이 더울렁, 쪽빛 머금은 서늘한 기원들까지 어울렁더울렁 바삐 감침질되네요 생의 감칠맛을 더하던 갖은 양념 같은 농지거리들도 착착 감기며 공그르기되더니, 이내 그 색들색들 어우러져 빛의 시나위 휘몰아치네요 드디어, 우주를 찢고 한 장의 조각보가 첫선을 탔네요 금방이라도 선율 고운 장단이 들썩이며 펄럭일 것 같네요 저만치 아직 조각보에 실리지 않은 시간들은 우화등선이라 적힌 만장을 펄럭이며 서 있네요 어느새 자리를 털고 일어서는 마고할멈, 다 빠져버린 이빨 설겅설겅한 잇바디 내보이며 방짜유기빛으로 쨍하게 웃고요 외할머니야 그 조각보를 가슴에 안고 어린애처럼 좋아라, 술렁술렁 일렁일렁 거리네요 마침 장지문 밖에서 그믐달이 막 현빈지문(玄牝之門)으로 드는 때 말이지요

물 위에 찍힌 새의 발자국은 누가 지울까

아무도 없는 곳에서의 눈물은 질문이다

저수지에 먼저 도착해 있는 적막
닫아놓았던 귀를 열어
풍경의 모퉁이, 서성이는 허공을 듣는다

어떤 종족이 허공에 발자국을 찍을 수 있을까

새 한 마리 총총, 물 위를 난다
수면에 발자국으로 무슨 흔적을 남기는 것도 같은데
마침표를 찍어 완성하기 전
바람이 잔물결을 일으켜 발자국 문장을 지운다

문장 따위야 사람의 소관이라는 듯
새는 몇 점 눈물로 저수지의 수위를 알맞게 조절할 뿐
금세 풍경의 모퉁이를 돌아나간다

누군가
물수제비로 새겨넣은 문장을 오래 듣는 귀가 여기 있다
그는 이제 허공에 발자국을 찍을 수 있는 종족

물수제비 문장을 기억하는 바람에게
물 위에 찍힌 새의 발자국은 누가 지울까

하릴없이 묻는 날이 길다
아직 눈물이 아닌 질문 몇 점 후둑, 후두둑

그날의 적막에게 어떤 문장은 마침표 없이도 지워지지 않는다는 걸 배운다

여름 하오, 꼭 한 뼘 높아진 저수지의 수위

허공에 스민 적 없는 날개는 다스릴 바람이 없다

문득 놓치고, 알은 깨진다

깨지는 순간 혈흔의 기억을 풀어놓는 것들이 있다
점점의 붉음
어느 철학자는 그 흔적을
날개를 갖지 못한 새의 심장이 아닐까 물었다
이미 흔적인 몇 점의 혈흔에서 심장 소리를 듣다니
모든 가설은 시적일 수밖에 없고
시간은 어떻게 그 가설들로 추상을 견디길 요구할까
시적인 철학자의 귀는 밝고, 밝고

날개를 갖지 못한 알 속의 새는 새일까, 새의 지나간 후생(後生)일까

경계도 없이 수많은 가설들이 붐비고
깨져버린 알이나 지난봄처럼
문득 있다가, 문득 없는 것들을 뭐라 불러야 하나

깨진 알에서 혈흔의 기억을 보거나
혹은 가는 봄날의 등에 얼굴을 묻거나
없는 새에게서 심장 소리 들려올 때
없는 봄에게서 꽃의 목소리 들려올 때
그 시간을 살기 위해 견딤의 가설을 세우다

새가 되어보지 못한 저 알의 미지는 바람일 것
허공에 스민 적 없는 날개는 다스릴 바람이 없다
이음새가 없는 새의 몸
바람으로 머물던 흔적이 곧 몸이다
너무 멀리 날아가서 다스릴 수 없는 기억처럼
새, 바람이 되지 못한 것들의 배후는 허공이 알맞다

새의 심장이 보내온
먼 곳의 안부를 깨진 알의 혈흔에서 듣는다

별들의 시차

그가 음독(飮毒)하며 중얼거렸다는 말
인간은 원하는 것을 진실이라고 상상한다

천문학자가 아니었으며
심지어 정치를 했다는 이력으로 한 죽음을 이해할 필요는 없고

눈이 아프도록 흩뿌려진 별 아래
당신의 몸속 세포와
궤도를 도는 행성의 수가 일치할 거라는 상상이 길다

저 별이 보입니까
저기 붉은 별 말입니까

조용한 물음과 되물음의
시차 아래
점점 수축되어 핵으로만 반짝이던
한 점 별이 하얗게 사라지는 중이다

어둠을 찢느라 지쳐버린 별빛은
우리의 눈꺼풀 위로 불시착한 소식들
뒤늦게 도착한 전언처럼
우리는 별의 지금이 아니라 지나온 시간을 마주할 수 있

을 뿐

어떤 죽음은 이력을 지우면서 완성되고
사라지는 별들이 꼬리를 그리는 건
그 속에 담긴 질문이 너무 무거워서일지도 모른다

불가능하게 무거운 저 별, 별들

별이름 작명소

고단한 잠은 멀리 있고
나를 찾지 못한 잠은
누구의 호흡으로 도착해 하룻밤을 보내고 있을까

나는 아직
아름다운 운율에 대한 정의를
잠든 그의 숨소리라고 기록한다

두 눈을 꼭 감으면 잠이 올 거야, 없는 그가 다독이며 말했다

잠이 오지 않았다
두 눈을 꼭 감으면 감을수록
떠도는 별들이
동공의 어두운 웅덩이를 찾아와 유성우(流星雨)로 내렸다

밤새 유성우로 내리는 별들에게 새 이름을 지어주면
차가운 호흡과
별들이 돌아가는 시간이 꼭 알맞았다

오랫동안 성황을 이룰, 별이름 작명소

잠을 설친 새벽이 눈뜰 때마다

검은 액자 속 한 사람과 마주쳤다
날마다 희미해지는 연습을 하는지
명도를 잃어가는 사진 한 장

별이 태어나는 차가운 먼지구름 속
아무도 그가 먼지구름에 도착했다는 안부를 전해주지 않았다
어떤 별의 소멸은
아직 없는 별을 산란시킬 거라고 스스로 위로했지만

그 입술을 조용히 짓이기고 싶었다

놓치다, 봄날

저만치 나비 난다
귓바퀴에 봄을 환기시키는 운율로

흰 날개에
왜 기생나비라는 이름이 주어졌을까
색기(色氣) 없는 나비는 살아서 죽은 나비
모든 색을 날려 보낸 날개가 푸르게 희다
잡힐 듯 잡힐 듯, 읽히지 않는 나비의 문장 위로
먼 곳의 네 전언이 거기 그렇게 일렁인다
앵초꽃이 앵초앵초 배후로 환하다
바람이 수놓은 습기에
흰 피가 흐르는 나비 날개가 젖는다
젖은 날개의 수면에 햇살처럼 비치는 네 얼굴
살아서 죽은 날들이 잠시 잊힌다

봄날 나비를 쫓는 일이란
내 기다림의 일처럼 네게 닿는 순간 꿈이다
꿈보다 좋은 생시가 기억으로 남는 순간
그 시간은 살아서 죽은 나날들
바람이 앵초 꽃잎에 앉아
찰랑, 허공을 깨뜨린다
기록되지 않을 나비의 문장에 오래 귀 기울인다
꼭 한 뼘씩 손을 벗어나는 나비처럼

꼭 한 뼘이 모자라 닿지 못하는 곳에 네가 있다

어느 날 저 나비가
허공 무덤으로 스밀 것을 나는 알지 못한다
봄날, 기다리는 안부는 언제나 멀다

모란을 헛딛다

언젠가
얇은 담요 사이로 그녀의 맨발을 본 적 있다
기어이 가는 봄날의 꽃잎처럼
살에 감기는 바람결에도 색을 잃을까, 야위어갈까
애를 태우던 그녀의 살빛

살이라는 말처럼 연한 발음이 있을까
또 발이라는 시린 말은 어떻고

이국의 풍속사에 모란꽃 아래서의 죽음이야말로 도도한 풍류라는 기록이 있다
그날의 풍류는 가는 발목에 혀의 문장을 새겨넣은 일
꽃의 씨방처럼 부풀어오른 건 그녀였을까
그녀라는 방향으로 흐르던 바람이었을까

지나간 걸음걸이를 추억한다
또옥 똑, 봄의 운율로 걷던
그녀는 살아서 나비의 후생이기도 했을 것
종종 바람에 체한 나비처럼, 헛딛는 때가 있어
그 모란 줄기 같은 발목을 삐끗하기도 했던 그녀
호— 하고 빚어낸 숨결을 불어넣어
부기(浮氣)를 다독여주곤 했었다

마침의 말에서까지 탐미를 반성하지 않은 그녀
비단 습신에 모란 무늬를 수놓아 신겨달라

비단에 핀 모란이 얼마나 색스럽다 한들 그녀의 시린 발은 어쩔 수 없겠다
모란 향이 눈에 밟혀 발을 헛디디면 어쩌나 애면글면하는 날들의 이력
발음되지 못한 문장들은 바람의 습기가 될 것
습신의 끈이 봄꿈처럼 스르르 풀린다 해도
고쳐 매줄 수 없는 길에 서 있을 그녀

돌아오는 길을 지우며 걷는 걸음의 배후는
피는 법을 잊은 꽃의 배후처럼, 허공이 알맞을 것

3부

속눈썹의 효능

때로 헤어진 줄 모르고 헤어지는 것들이 있다

가는 봄과
당신이라는 호칭
가슴을 여미던 단추 그리고 속눈썹 같은 것들

돌려받은 책장 사이에서 만난, 속눈썹
눈에 밟힌다는 건 마음을 찌른다는 것
건네준 사람의 것일까, 아니면 건네받은 사람
온 곳을 모르므로 누구에게도 갈 수 없는 마음일 때
깜박임의 습관을 잊고 초승달로 누운

지난봄을 펼치면 주문 같은 단어에 밑줄이 있고
이미 증오인 새봄을 펼쳐도 속눈썹 하나 누워 있을 뿐
책장을 넘기는 바람에도 날아가지 않은
출처 모를 기억만 떠나는 방법을 잊었다

아지랑이의 착란을 걷다
눈에 든 꽃가루를 호— 하고 불어주던 당신의 입김
후두둑, 떨어지던 단추 그리고 한 잎의 속눈썹
언제 헤어진 줄 모르는 것들에게는 수소문이 없다
벌써 늦게 알았거나 이미 일찍 몰랐으므로

혼자의 꽃놀이에 다래끼를 얻어온 날, 그럼에도 불구하고 올 것은 온다는 역설처럼 당신의 입김 없이도 봄날은 간다

화농의 봄, 다래끼
주문의 말 없이 스스로 주문인 마음으로
한 잎의 기억을
당신 이마와 닮은 돌멩이 사이에 숨겨놓고 오는 밤
책장을 펼치면 속눈썹 하나 다시 뜨고
그럼에도 불구하고 돌아올 거라 믿는, 꽃달

바늘구멍 사진기

종이처럼 얇아진 폐에 구멍이 나다
기흉(氣胸), 먼 데 그리는 습성으로
떠오른 질문 하나
구멍 난 몸은 바늘구멍 사진기가 될 수 있을까

우선 검은 나무상자 대신 그을린 내면이 필요하지 폐의 구멍으로 스며든 빛이 필름에 기억의 나이테처럼 감길까 노출시간이 길어 정물을 찍기에 알맞다는 사진 기법, 해 뜰 때부터 해 질 녘까지
움직이지 않는 그의 실루엣을 그리다

액자 앞
오래 서 있을 나는 바늘구멍 사진기

어느 철학자가 바구니 틈에 스며든 빛이 나무를 비추는 걸 보고 발명했다는 사진기, 고대 그리스인들은 눈빛이 풍경을 인화할 수 있다고 믿었다
첫 마주침에 흔들린 건 마음보다, 눈빛

폐가 이렇게 되도록 무슨 생각을 하세요
나쁜 습성을 고치겠습니다
대답하지 않음을 오늘의 저항이라 부른다
심도가 깊을수록 또렷한 사진이 나온다는데

폐의 구멍은 착란원(錯亂圓)을 그리겠지
그와의 심도를 잴 수 있다고 믿지 않겠다

액자를 걸어나온 실루엣
비칠 듯 얇은 폐에 입김을 불어넣는 밤, 추운

육첩방에 든 알약

멀리서 가까이서
꽃들이 또렷하다는 소식이 전해지는 사이
절기 전에 꽃을 잃는 기억도 있다

문 여닫는 소리만 붐비는 복도
누군가의 늦은 귀가는
다른 방의 조각잠을 깨운 후에야 낡은 구두를 벗고

복도 끝 어둠만이 충만한 방

일용할 양식을 들고
돌아온 손이 스위치를 켠다
벽을 떠난 못의 흔적
그 텅 빈 구멍 속으로 숨어드는 어둠

어젯밤 그은 건 손목이 아니다
작은 방을 채울 수 있을 만큼, 텅 빈 문장을 원한다는 일기의 밑줄이었을 뿐

비밀처럼 밀봉해놓은 꽃씨 대신
양식이 든 봉투를 먼저 펼치면
후두둑 떨어지는 알약들
해가 들지 않아 노랗게 뜬 얼굴처럼, 환한

한 시인은 밤비가 속살거리는 육첩방에서 쉽게 씌어진 시를 썼다

그는 시대처럼 올 아침을 기다렸지만
오늘의 기다림은 아침처럼 올 시대일까
없는 햇빛 한 줄기로 기지개를 켤 꽃씨일까

속살거리는 밤비 소리도 없이
잠든 꽃씨 옆에 누워보는 알약 한 알

아직 별들의 몸에선 운율이 내리고

엄마는 왜 가르쳤을까
자신에게 진실하면 너는 늘 옳다

불가능의 시대에 혁명을 부르짖는 것
혹은 별을 노래하는 것만큼, 허영을 채워주는 일도 드물다는 당신의 편지를 노려보았다
밤새 가는 실핏줄 터지는 소리

한 혁명가의 꿈을 꾸는 밤
다리를 저는 그녀와 보폭을 맞추기가 어려웠는데
기다리기만 하는 자에게 올바른 순간이란 없다는 목소리가 들려왔지
더 잘 실패한 후에 맞게 될 적기

시가 존재하지 않는다면
나는 혁명을 과거사라고 믿는 당신에 불과할 것이다
아직 별들의 몸에선 운율이 내리고
당신과 나의 정체는 우리 자신을 앞지르며 밝혀질 것

얼음이 떠다니는 운하 속으로
한 시대가 던져지기 직전, 오고갔다는 문답

정체를 밝혀라

그건 알아서 결정하시죠
수배자 사진을 보니 틀림없군
당신이 그렇게 말하신다면 그렇겠지요

때로 어떤 대답은 유언이 되고

엄마, 별을 비추기 위해 인간의 눈동자가 만들어졌다는
시구(詩句)를 믿을래

시체가 떠오르기 시작한
운하의 봄을 답신으로 보내는 새벽

꽃을 주세요

노는 햇빛도 다르다는 그곳에 갔어요 아름다운 현기증의 5월, 그들이 잠들어 있는 묘역 입구 할머니 한 분 좌판을 펼치고 계세요 새벽녘 무덤가에 놓고 간 듯 보이는 흰 국화꽃을 팔고 있어요 훔친 꽃을 파는 건 죄일까요 아닐까요 그들이 일어나 손사래를 쳐요

일 년에 단 하루뿐일 애도가 한창일 텐데, 화환들이 줄지어 환할 텐데 내 귀는 벌써 고요에 먹먹해져요 훈장 아니면 병증이 필요했던 시대가 저물고 있어요 아무도 섣부른 화해를 후회하지 않아요 사이좋게

서성이는 발자국 사이 스피커에선 희망, 희망 언제나 멀리서만 울리는 그 말이 이명으로밖에 들리지 않아요 저만치 잿빛의 흑백사진을 바라보는 동안 해가 져요 스러지는 햇빛도 아까운 그곳에서 조용히 외쳐요

꽃을 주세요 뜻밖의 일을 위해서 꽃을 주세요 아까와는 다른 시간을 위해서* 하얗게 지친 꽃을

* 김수영, 「꽃잎 2」에서.

숨 막히는 뒤태

당신을 뒤로 하고 길을 건널 때

왜 가시 돋친 말은 등 뒤에 와 박히는 걸까

언젠가 등 뒤의 점을 바라볼 수 없는 데에서

인간의 고독이 시작된다는 문장을 읽은 적 있다

가시 돋친 마음이 와 박히는 뒤태

오늘 새로운 흑점 하나 생겼다, 숨 막히는

발끝의 고해성사

발끝을 세워 창가에 서면
고해성사가 시작된다, 구름을 향한
이인칭 문장이 흐르고

꽃잎이 귀띔해준 룰
초속 3센티미터로 지는 그 이름은 비밀에 부치기로 한다
말들은 공기의 미동에 따라 알맞게
바람에게서 귀동냥한 표현이거나 출처를 잊어버린 인용의 일부이기도 하다

오후를 날아가는
저 새의 모이주머니에는 잘게 찢긴 지도가 들어 있을까, 아니면 몇 알의 곡식
내 주머니를 채우는 건 나의 지론보다는 누군가의 개론

모르게 알게 지은 죄를 구름에게만 속삭일 때 도무지 어쩔 수 없다는 당신의 고해를 되풀이하는 셈
죄를 보이고 싶다, 발끝까지 추운

귀를 자르겠다는 다짐을 실행하기 좋은 시절
나라는 이인칭으로 죄를 속삭일 때 구름은 끝내 귀를 막을까 창을 부술까
당신이 들려줄 문장은 마지막까지 완성되어 있다, 방점

까지도

마치지 못한 고해는 잠꼬대로 이어지고
인칭을 잃어버린 주어만 말문이 막힌다

성사되지 않을 고해의 밤
이렇게 불안한 발끝으로

소금사막에 뜨는 별

지금 하지 않으면 영원히 할 수 없다

꿈꿔야 할 문장은
잠언이 아닌, 모래바람을 향해 눈뜰 수 있는
한 줄 선언이어야 할 것
사막 쪽으로 비껴 부는 바람

꿈으로도 꿈꾸던 달의 계곡 지나 이국의 마을
바다에서 솟아오른 사막이 있다
당신은 물을까, 왜 소금사막이어야 하는지

만약 그리움이라는 지명이 있다면
비 내린 소금사막에 비치는 구름 근처일 것이다
끝없이 피어올라도
다시 피어오를 만큼의 기억을 간직한 구름

빗물 고인 소금사막에 떠 있는 기억의 신기루
그 풍경을 손에 담으면 구름을 간직할 수 있을까
간직을 꿈꾸게 하는 이름들
구름과 당신이 같은 종족임을 말하지 않겠다

소금사막에 밤이 오면
별, 하늘을 찢고 나온 고통 한 점

오래 쏟아지는 별빛에 살갗이 아플까
당신은 이불깃을 끌어당기며 움츠리겠지
다독이다 뒤척이다
럼주를 구하러 마을을 기웃거리면
문득, 골목 끝 비상약 파는 가게에서
발효된 사탕수수 향을 맡게 되겠지
운명은 종종 독주를 비상약으로 처방하고
그 밤 우리의 감행에 동의하는 이들이 있을까

버리고 가자는 말보다
다만, 두고 가자
잠언에 시달리다 감행을 포기하는 당신이라면
영원을 기다린 선언은 소금알갱이로 부서지겠지
당신에게 소금사막은 여러 지명 중 하나

저만치 비상약이 보이는
밤의 창문을, 서성이다 가는 바람

심야발 안부

이름 지을 수 있지만
해결할 수 없는 일들로 가득한 밤
마련된 안부를 적는다

첫 문장과 두 번째 문장 사이에 구겨지는 편지
몇 번 더 마침표를 앞에 두고 찢겨지는 문장들
꽃들이 엉망진창이라는 소식을 들었다
이곳엔 아직 피지도 않았는데, 가는 봄

다정한 호칭도
　　　　　거짓된 근황도
　　　　　　　　　　추한 질문도
잠시의 위로가 될 추측도
　　　　　　설익은 반성도
　　　　　　　　　우격다짐일 다짐도
다음 세상 운운할 약속도

적히지 않을 편지를 쓴다, 비로소 쓴다
꽃은 봄의 암호화된 메시지
편지는 늘 수신인에게 무사히 도착한다

완성된 편지를 접어두고 잠이 든다
붙잡을 수 있지만

유예될 수 없는 문장들로 가득한 밤
이번 편지도 수신인에게 잘 도착할 거라는 예감

베개 밑 심야발 안부를, 아침에서야 받을

손목의 터널

통증을 곁에 두고 보다가
늦은 진단을 받았다
몸이 마음에게 보내는 어려운 안부

손목터널증후군

손목의 뼈와 인대 사이에 난 통로
같은 방향을 향해 한 줄기 신경이 지나가는 길

모든 증후군은
여러 개의 증상이 하나의 병으로 연결되지만
그 까닭을 알 수 없을 때 이름 이어진다

나는 터널처럼 외로웠다는
철도원의 아들이었던 한 시인의 문장
그는 어릴 적, 터널을 바라보며
오래 기다리는 법을 익혔을 것이다

한 손목이
뿌리침으로 인사를 마치고 돌아갈 때
남겨진 손목에 생긴 터널

텅 빈

통증 사이로 드나드는 바람
끝나지 않을 듯 긴 터널을 통과하는 불안이다
어두운 조명 속으로 흩어지는 말들

기억의 체증

몸이라는 집에 잠시 머물다 떠날 것들
저마다 자리를 움트는 족족,
체증을 일으키고 있다
요사이 당신이라는 집에
세 들고 싶다는 나의 목소리가
안절과 부절 사이에서 서성이고
자주 식욕이라고는 텅 빈 잣죽 그릇과 마주했다

난감한 질문을 받을 때마다
피가 그런 걸 어떡해 라고 대답했었다

사혈(瀉血), 피를 흐르게 하다
기억처럼 긴 실로 엄지손가락을 묶는다
손톱 끝의 검게 갇힌 시간들을 찌르는 바늘
맺힌 시간의 피돌기가 풀리며 건네는
피의 말이 멀리서 들릴까
귀에 머물지 않고 사라지는 그 말들의 뜻
동그랗게 말려 올라오는 검붉은 시간들
언젠가는 열망으로 맺히던 기억들의 끝이다

잠시 머물다 떠나는 것들의 전언
내 몸에 잠겨 있던 전언들이 피가 되고
그 피가 살이 되어 생의 피돌기로 살아 있다

검은 시간은 흘러 없어질 거라는 환한, 착각
울지 않기 위해 시간의 잇몸을 앙다물다
시시로 미치던 피의 순간이 있었다
기억의 체증에 오래 시달려야 할 것 같은 예감
바람을 숨으로 빚어내는 것도 일인 것처럼
시간이 흐른다
십 년 묵은 체증이 풀린다는 말이
꿈인 것만 같은 꿈

죽은 시인과의 연애

연애라는 말을 아나요
모두가 알지만 아무도 모르는 말, 연애
오늘도 죽은 시인과의 연애가 한창입니다

때는 바야흐로 만화방창 호시절, 호시절
때는 바야흐로 만화방창 호작질, 호작질

생각난 듯 정분이 나는 스타일이라면
아마도 해독 불가능할 문장임을 알리오

涓埃, 물방울과 티끌이라는 뜻으로 아주 작은 것을 이르는 말

憐愛, 불쌍하게 여겨 사랑함

戀愛, 남녀가 서로 애틋하게 그리워하고 사랑함

煙靄, 연기와 아지랑이를 아울러 이르는 말

죽은 시인은 문장이 있고
죽어서도 살아 있는 몹쓸 시인이고
죽어서도 살며 있는 애인이고

시인 등골 빼먹으면 지옥 간다는 말을 아나요
죽은 시인에게 빚이 많아 죽지도 못할 나지요

살아 있는 나는 문장이 없고
살아서도 죽어 있는 몹쓸 시인이고
살아서도 죽어 있는 애인이고

오늘도 죽은 시인과의 연애가 한창입니다
혹시 생의 화두가 연애라고 밝힐 수 있겠습니까, 당신

달로와요*

모퉁이를 돌아 달로와요 제과점을 지날 때 오늘의 달은 몇 시에 뜹니까, 달빵은 언제 나올지 모릅니다 보이지 않아도 어딘가 떠 있을 달로와요

달에 구름이 머물면 달빵의 부스러기, 달빵을 나눠 먹다 올려다본 어둠에 눈이 멀어도 좋았을 우리 달빛의 촉수만으로도 알맞던 그 밤

어느 천문학자가 아픈 연인을 위해 달의 부스러기를 훔쳤다, 깊은 무모함은 미신, 오래된 기침은 흰 봉투에 든 달을 한입에 털어넣었을 것 창백한 새벽의 가루약처럼

달은 어둠의 부분입니까, 전체입니까 부분과 전체를 넘어 배후가 있을 뿐입니다 달의 뒤편으로 사라진 사람을 위로하지 말 것

달 표면이 뼈처럼 말라 있다는 기록을 읽다 뼈의 실루엣, 한 줌 재가 된 세계를 추억하지 말 것 달은 잿빛 얼굴입니까, 재입니까 사라진 연인의 안부가 차오르다 기울다

달로와요 달의 뒤편으로 와요 연인은 일종의 배후이니까 날마다 달빵의 부스러기를 서로의 입술에 묻힐 수 있는 그곳으로, 어느 날 제과점 모퉁이를 돌다 밤의 눈을 찌르고 싶

을 때 달빛의 촉수로는 아무것도, 보이지 않을 때

* 1802년 프랑스인 무슈 달로와요(Mr. Dalloyau)가 만든 제과점 이름.

툭

빛줄기 하나 텅 비어 바닥을 향해 있다

못이 박혀 있던 자리에 남은 구멍
여백을 견디던 벽에게 못은 무엇이었을까
한 점으로부터 출발했을 여백
벽에 구멍을 낸 것도 막고 있던 것도 못이었다
어떤 중심은 돌출일 뿐
그러므로 벽과 못은 상극일까
중심이었을 때조차 못의 허기는 허공에 닿아 있었다
낙화가 허공에 예정되어 있는 것처럼
떠 있는 것들에게 가장 불편한 이름, 허공

떨어지기 직전 가장 뾰족했을 못의 촉수
중심을 견디던 내부의 힘으로
툭, 못이 가까스로 잡고 있던 벽을 놓친다
오래된 견딤일수록 결별의 시간은 짧고
툭, 심장이 가까스로 잡고 있던 마음을 놓친다
마지막 소리로 제 숨을 거두어 가는 것들
흩날리는 꽃을 보는 나무의 그늘이 깊다

지친 독이 못에 퍼져 있다, 푸른 전갈
바람 한 필 걸어둘 수 없다는 벽과
다시는 너라는 중심에 박히지 않겠다는 다짐 사이

닿을 소식은 닿는다 바람으로라도
툭, 멀리서의 부음이 떨어진다
좋은 소식도 나쁜 소식도 없다 다만 소식이 있을 뿐

푸른 전갈, 감은 눈 속으로 번지는

허밍, 허밍

종종 구름을 눈에 담는 습관, 당신의 폐활량이 천천히 부풀 때 그날의 공기를 부러워한 적 있다 구름을 가리키며 바람의 춤이라고 말하는 당신의 허밍은 입술에 기대는 음악일까, 기대지 않는 음악일까

바람의 춤이 보인다면 그건 구름의 몸을 빌렸거나 폐활량이 푸른 여름잎의 소관일 것, 구름은 바람으로 흐르고 바람은 여름잎으로 들리니까

언젠가 고원의 사라진 호수에 대해 이야기 나눴지 수면을 맴돌던 그때의 구름은 지금 어디 있을까 가장 낮은 하늘을 흐르고 있을 호수 저편, 깃털무늬구름이거나 물결무늬구름

당신은 잠시 구름사전 속 이름들을 덮는다 구름과 노닐기에 알맞은 바람이므로, 구름의 후렴은 음악이다 마지막 소절이 첫 소절로 흐르는 허밍, 허밍

사라진 호수 저편
팔랑, 수면을 깨뜨리는 나비 한 점도 좋을 오후

4부

살별

혜성의 숨겨진 이름은 살별

서로의 살에 별이 뜨는 순간
궤도를 이탈한 그들은 하나도 무섭지 않았다, 않았을까

먼지와 얼음이 뭉친 핵에
한 점, 신의 호흡이 스칠 때 떠오른다는 살별의 가설

궤도를 이탈할수록
비늘처럼 떨어지는 먼지들로 별의 꼬리는 길어진다
움직이는 방향의 반대쪽을 향해 있는 꼬리
서로의 꼬리를 보지 못했으므로
그런 건 없다고 믿어버린 그들은 하나도 무섭지 않았을까, 않았다

어느 먼 나라에서 살별은 흉조의 상징
혜성이 떠오른 밤, 연인들은 검은 천으로 서로의 눈을 가렸다
재앙은 미풍처럼 스며드는데

시간이 흐르고
살별의 자리가 환부로 느껴질 때
그들은 궤도 내로 다시 진입하겠지

그 후 우연인 듯 다른 별을 만나거나
습관처럼 떠돌다 먼지의 몸으로 흩어지겠지

신의 마음을 알고 싶다는 어느 천문학자가 정설이라는 듯 말했다
혜성은 상서롭게 빛나는 별

가설과 정설 사이를 망설이는, 별 하나

화살 맞은 새*

믿어라, 마음이 하는 말을
즐겨 읽던 소설 속 문장이 그날 동행을 부추겼나
때로 한 줄 문장이 한 생을 관통한다
지난여름의 화살 맞은 새 앞을 서성이고 있다니
불온한 이름은
불온한 기억을 수태시키므로 조심할 것
화단엔 올해도 눈을 찌를 듯 붉은 작약
향기는 꽃의 안 보이는 비명일까, 독기일까
귀가 아플 만큼 향기로울 수 있다니

열락이 될 통증이라면
떨어져나갈 살점마저 기꺼이
花르르 花르르 날아오르다 화살 맞은 새
관통의 흔적은 반쯤 미친 동공과
새로 돋아날리 없는 영혼의 살점뿐
추락이었나, 몰락이었나
그날 허공엔 한 뼘 새의 자리가 지워졌다

떠나간 화살촉을 잊어버린 활시위
떠나온 활시위를 기억하는 화살촉

서로 다르게 추억되는 흐리마리한 진실은
허공의 길을 잃어버린 새의 날개처럼 무의미하다

그날 화살 맞은 새는 노래했을까, 울었을까
노래하며 우는 생은
노래하며 울다 끝나므로 주의할 것
바람 쪽으로 꽃잎 하늘거리다, 휘어지다
작약의 꽃말은 수줍은 교태
왜 대지가 내뿜는 호흡을 바람이라 했을까
한 통증이 호흡의 전부로 번져가는 날들

불다 멈출 바람에 부서지듯 미친, 화살 맞은 새

* 마르셀 프루스트, 『잃어버린 시간을 찾아서』에 나오는 호텔 이름.

꽃그늘에 후둑, 빗방울

떠나옴과 떠남이 붐비는 소읍의 터미널
얕은 담장 너머로 백작약 말이 없다

저 꽃의 말은 수줍음이라는데
꽃말마저 버린 꽃의 얼굴처럼
언저리에 머무는 그늘이 희게 시리다

방금 출발한 차편에
반생(半生)이라는 이름의 그가 타고 있다
이제는 지난 생이라 불러야 하나
마음 놓고 수줍을 수도 없었던 때가 길었다
남은 수줍음마저 꽃그늘에 부려두고 가야 할 지금
버리다와 두고 가다 라는 말의 간격이 길다
모퉁이를 막 돌아나가려는 버스
그 순간을 마주하지 못해 고개 돌렸을 때
백작약 거기 있었다, 피었다

말을 버린 것들은 왜 그늘로 말하려는지
끝내 전해지지 못한 말들이
명치그늘로만 숨어들어 맴돈다
허공 속 꽃의 향기가 다만 바람으로 차오를 뿐

모퉁이를 빠져나가던 반생이 손을 흔들 때

나는 배후마저 잃은 하나의 풍경이 된다
마련된 인사가 없는 배웅

순간은 얼마나 긴 영원인가

다시는 배웅할 수 없는 지난 생이
천천히 소실점으로나마 사라지고
아픈 피를 해독한다는 백작약 앞에 선다
꽃그늘에 후둑, 빗방울

고경(高景)

걷다가 죽고 싶다
때로 한 줄 유언은 오랜 꿈보다 멀고

고원을 떠도는 발자국들이 다른 무리를 만났을 때 꼭 건네는 질문이 있다
어디서 와서 어디로 향하는 길이지, 왜 이 길을 택했지
바람의 무리도 없이 걷고 또 걷는 자신 스스로를 질문한다
풍경을 빌려 떠도는 동안에도 재차 묻는다는 건 더이상 묻지 않아도 된다는 뜻

고원의 후면(後面), 그늘에 고여 있을 바람
어떤 발자국도 되돌아가지 못하므로 길은 끝이 없고

어디쯤 할 일을 마치고 누운 말 한 마리를 본 적 있다 허공의 묘지기, 독수리가 파먹은 텅 빈 눈 속으로 내리던 눈(雪)
안 보이는 검은 눈에 박히던 적막, 펄럭이던 말갈기만 바람을 불러왔다
흰 눈을 이불처럼 덮고 잠들었지
언젠가 고삐를 놓아 떠나보냈던 그 말이 맞기를, 아니기를

걷다가 쓰러질 발자국을 떠올린다
맴돌던 검은 날개가 접히고 목 쉰 묘지기의 배웅 너머 텅 빈 눈 속으로 내리는 눈(雪)

그늘에 얼어붙은 적막, 남은 몇 올 눈썹만 바람을 부리겠다
언제가 언 손등에 입김으로 쓴 유언이 완성되지 않기를, 되기를
흰 눈을 수의처럼 덮고 잠들겠지

눈썹이 불러올 먼 곳의 바람
빈 동공으로라도 닿고 싶은, 행선지 쪽으로 부는

묵독(默讀)

펼쳐놓은 책장에 숨어 있는 길
문장보다 즐겨 읽는 행간 사이, 그늘이 고인다

책을 읽다 바라본 하늘
새 한 마리 허공에 곡선을 그리며 지나갈 뿐
그때 구름은 흩어지며 아플까, 아프지 않을까

묵독이 알맞은 절기

한 목소리의 부재가 없는 목소리로 이어지고
길 위를 서성이는 그림자 한 뼘씩 길어진다
행간의 그늘에 물들어버린 동공
이제 동공은 활자들의 리듬에 따라 움직일 것

음독(音讀)이 전부였던 시간이 있었다
인간의 목소리가 잠든 활자를 깨워준다고 믿었던 때
믿음은 깨지는 순간 비로소 믿음이다
묵독의 기원은 경전을 동공에 새기려 했던
어느 불온한 수도사에게 있다
기록되는 순간, 잠들어버릴 문장보다
행간 사이를 헤매는 것으로 길을 찾고 싶었을
그는 동공에 고인 그늘이 무거웠을까, 무겁지 않았을까
이단의 독법이라며 수군거렸을 입들

얼마 후 그를 봤다는 사람을 찾을 수 없었다

부재하는 목소리의 그림자가 길어질수록
내내, 묵독의 절기를 건너야 할 동공
기록되지 않을 새의 날갯짓이 사라지고
허공의 밑줄 아래로 흩어졌다 모이는, 한 점 구름

오래된 근황

내 지문을 기억하는 건 그의 지문이 아니다
깍지 낀 손의 기억이 식어가므로
아직 완성하지 못한 문장의 페이지가 아닐까
노트 속 마침표 대신 찍힌 지문들

급한 약속이 생각난 듯 내가 사라지면, 그는 간발의 차이로 때를 놓쳐버린 손님처럼 지난 시절을 잠시 후회할지도 모른다
너무 늦게 왔다는 후회는 쉽게 씌어진 문장과 같고

이번 생에선 마주치지 말자
일찍 이루어진 꿈, 서늘하겠다

노트의 시간이 멈추면, 주인을 잃은 내 책상 모서리는 혼자 닳아가겠지 불면의 베갯잇에 머리카락 몇 올, 검은 외투 안쪽 주머니엔 무엇이 남아 있을까
혹시 깜박 잊고 두고 간 마음 따위

그러나 근황 이어지다
사과 주름이 깊어질 때까지 바라만 보는 화가와 같이
하루 한 줄만 쓴다, 마침표와 지문 사이
문득 떠오른 어느 학자의 말
세상의 모든 책보다 숨겨놓은 포도주 한 병이 더 향기롭다

기억의 풍경이 기우는 동안

안부는 없고 오늘도 조금밖에 죽지 못했다*
지문의 문장을 마치기에 이른, 먼

* 세사르 바예호, 「아가페」에서.

꽃씨로 찍는 쉼표

사막에 떨어진 꽃씨는
꽃씨 스스로 발아의 때를 정한다는데

그날의 꽃씨는
발자국으로 잠시 꽃잎처럼 돋아났다 사라졌다
모래가 되어 흩어지는 꽃이 있다니

먼 이야기
어느 왕에게 세 명의 아들이 있었지
왕은 그들에게 꽃씨를 나눠주며
가장 잘 간직한 사람에게 왕위를 물려준다 했지
간직이라는 말에 방점을

첫째 아들은 바람 한 줄기 없는 금고 속에 꼭꼭 숨겨두었고

둘째 아들은 꽃씨를 팔아 더 귀한 꽃씨를 샀다

셋째 아들은 꽃씨에 오래 귀를 대고 있다 심고 가꿨다는 이야기

지금 꽃씨는 어디 있느냐는 물음에
저 허공 속에 있다고 답했다는 셋째 왕자

바람이 간직하고 있다는 말

꿈에 사막을 걷다
쉼표 모양으로 끝이 살짝 삐친 꽃씨를 심었다
여우비, 꽃씨가 잠시 부풀어올랐었나

꽃씨와 안녕한 긴 발자국이 돌아봤을 때
쉼표 찍힌 사막이 큰 종이처럼 보였다
완성되지 못한 문장 옆에 꽃씨를 심다 잠든 밤
꽃씨로 찍는 쉼표
나를 쫓아오다 다 져버린 발자국 꽃잎들

견고한 눈물

사람들은 그를 애도하기보다
그의 파이프를, 시가의 브랜드를 사랑해

새는 하루에 일 분, 사람은 두 시간
고양이는 세 시간 꿈꾼다지
그렇다면 돌은, 꿈꾸는 시간까지
잴 수 있다는 믿음을 믿지 않기로 한다

이국의 어느 마을에
돌에서 생명이 움튼다고 믿는 부족이 있지
어둠이라는 이름의 돌
그들은 기다리고 있을까
돌의 방에 잠든 한 사람이 깨어나기를
횡단의 모터사이클 바퀴에 채이던
돌부리들 중 하나일지 모르지
무덤가에서 오래 꿈꾸는 돌멩이 하나

그를 살려내기보다 사람들은 사랑해,
그의 초상이 프린트된 티셔츠를

아무도 잠들기 직전
그의 눈동자에서 쏟아졌다는
푸른빛을 들으려 하지 않지

돌의 불가능하게 가능한 꿈을 위해
견고한 눈물, 별 박힌 검은 베레모를 기억하자
숨쉬기 위해 매 순간 싸워야 한다고 말했던 그

늘 몸에 지녔다는 녹색 노트
그가 아껴 필사한 노트 속 몇 편의 시에
한 편의 시 더할 때까지, 오직 쓴다

별의 사운드 트랙

움켜쥐었던 손이 하루를 놓는다
서둘러 숨을 곳을 찾는 빛,
사라지는 것으로 어둠과 하나가 되려는

푸른 잎맥이 광합성을 잊을 때쯤
천천히 기지개를 켜는 나는 야행성
불안의 중심인 밤이 오면

기억은 항상, 이미 읽혀진 상태로 다가온다

밤하늘보다 먼저 펼쳐지는 노트 속엔
흐르는 별 대신 돌멩이를 옮기며 웃었던 우리가 살고 있지 몰랐을까, 모른 척했을까
돌멩이 하나에 우주가 기우뚱할 수 있다는 걸

돌멩이라고 적힌 페이지를 찢어
밤의 유리창에 던지면 기억이 깨질까, 왈칵 쏟아질까, 구름을 떠나는 비처럼

모든 별은 야행성
별에게서 음악을 들어본 적 있냐는 물음에
입을 모으는 사람들, 별소리를 다 하는군요

주인을 기억하는 의자에 그의 이름이 적힌 노트를 펼쳐 놓는다
우리를 떠도는 이름 하나가 기억의 회전주기를 바꿔놓을 때까지, 궤도를 이탈하는 순간 가장 빛나는 별

호르는 별들의 음악이 들릴 때까지 기다리겠다

사라지는 별의 꼬리 쪽으로
한 뼘 더 가까워지는 어둠 사이
귀가 아프도록, 아름다운 별의 사운드 트랙

구름의 프레임

떠가는 구름
오늘의 문장은 흐르는 정물들에 관한 이야기

물방울이나 얼음 입자가 모여 하늘에 떠 있는 것으로, 우리의 눈에 보이는 것을 말한다

사전 속 구름에 대한 정의는
종종 눈물점을 자극하기도 하는데

한 개의 이루어진 사전에
흐르는 정물들에 대한 정의를 기록한다

우리의 눈에 보이지 않는 것으로, 물방울이나 얼음 입자가 모여 하늘에 떠 있는 것을 말한다

어제의 구름과
절기와 헤어진 꽃과 꽃잎들
혹은 부르는 순간 시간이 되어버리는 어느 호칭
흐르는 정물들이 보이다, 안 보이다

기다릴 수 없는 것들만 기다리는 사람
드디어 구름의 이슬점과 눈물점이 응결고도에 오른다
더이상 아무것도 예감하지 않겠다는 선언

두 손으로 프레임을 만들어
떠가는 구름을 가둬본다
보이다와 안 보이다 사이를 흐르는 정물
다시 기다릴 수 없는 것들만 기다리게 될까

구름의 프레임을 벗어나는 문장, 한 점

아침 꽃을 저녁에 줍다*

아침 꽃을 저녁에 주울 수 있을까

왜 향기는 한순간 절정인지
아침에 떨어진 꽃잎을 저녁에 함께 줍는 일
그러나 우리는 같은 시간에 머물지 않고

떠도는 발자국 하나
지구의 원점, 그리니치 천문대를 지날 때
흩어진 별들의 고개 기울어지다

알고 있니 천문대의 자오선을 경계로 하루쯤 시차가 난다는 걸, 그도 괜찮지만 착란은 날짜변경선이 지나는 나라의 일, 언제나 거짓말 같은 새벽과 짙은 농담의 밤이 찾아오는 곳

감은 눈동자 위로 반짝이는 열(熱)
이별은 이 별에서 헤어지는 중입니다
새의 깃도 바람에 해어지는 중입니다

기억하자 날짜변경선을 동쪽에서 서쪽으로 넘으면 하루 늦게, 반대의 경우 하루가 빨라진다는 걸, 착란의 시간과 변하지 않을 운명에 대한 예감은 잠시 접어두기

문득 망설이던 긴 꼬리별
역일(曆日)의 선을 그으며 떨어지는 순간

때를 달리한 연인은
아침 꽃을 저녁에 주울 수 없고
우리는 너와 나로 파자(破字)되어 단출할 뿐이다

이제 잊는 것으로 기다릴까
향기로운 새의 부리가 전해줄 꽃의 절정
한 잎은 이쪽으로
　　　　　　　　한 잎은 저쪽으로

* 루쉰의 산문, 「朝花夕拾」.

손목을 견디다

기다림의 손목을 잘라버려야 해 어떤 선언은 비인칭 시점, 아무것도 잊지 않은 기억 속에서 망각에 동의할 수 있을까 그늘로만 향하는 발자국, 생장점을 지닌 기다림은 식물의 상상력과 알맞다

고요 수목원 부채파초 앞에 서면 부채와 파초 사이 바람을 헤아리는 허공, 이 식물의 내력은 줄기에 고인 빗물로 한 모금의 구원이 되기도 한다는 것

기다림의 손목 대신 파초 줄기를 잘랐을 손 왜 떠도는 발자국은 구원에 목말라 할까 그럴수록 두 눈의 수위(水位)만 높아질 뿐, 길 잃은 발자국에게는 나침반이 되기도 하는데 한 방향으로만 자라는 잎의 습성 때문이라는 것 방향을 잃기 위해 떠도는 영혼이라면 소용없을 부채파초의 꽃말은 흰 기다림

늘 부채를 지니고 다니던 한 사람이 있었다 어느 부채가 불어오는 것은 바람이라는 냉정, 그는 고백과 헤어짐의 문장을 파초 잎에 적어 보냈다 기다림, 아무것도 잊지 않은 기억 속에서 망각에 동의하는 것 떠남과 기다림은 비인칭 시점의 선언과 감행만큼 가깝게 멀다 생장을 거듭하는 시간만, 그늘 쪽으로 한 뼘 더

역방향으로 흐르는 책

바람은 종종 없을 대답을 휘게 한다
모든 게 순리라는 순간의 뒷말을 믿어, 믿지 마
치장된 위로 앞에서 방향을 잃는 것들

방향에 대한 구름의 감각을 오래 부러워한 종족이 있다

역방향의 기차는
거꾸로 읽기 시작한 책 속의 문장처럼 낯설게 좋다
독법에 의해 내용이 달라지는

왜 당신의 책을 거꾸로 읽고 싶었을까
마지막 장에 찍힌 쉼표
마침표 대신 쉼표 쪽으로 휘어져 있음을 알겠다
끝 문장으로 첫 문장을 되묻는

이번 생도 도돌이표의 구름이 되어 오래 흐르겠다

기차는 두 방향으로 충실하고
순방향이 먼저 보고 놓아버린 구름들을
역방향의 얼굴이 거둔다
방향 없이 구름은 다만 흐를 뿐
속도에 찢긴 한 점, 꽃의 붉음이 허공에 덧발라진다

먼저 부를 수 없는 허공을 가진 꽃처럼
먼저 부를 수 없는 당신의 시는 거꾸로 읽기 알맞다
즐거운 난독에 시달리다 잠시 책을 덮는 오후
바람만이 무릎 위의 문장들을 읽다 간다

구름에게 묻는 정착지의 기후는 어떨까
목적지는 다만 정착의 한순간일 뿐
모든 게 순리라는 위로와 결별하기 좋은 오후

끝 문장의 쉼표는 첫 문장 마침표의 도돌이표

해설

사이를 듣는 귀와 견딤의 가설

조강석(문학평론가)

1.

이은규의 첫 시집의 부제는 '21세기의 서풍부(西風賦)'라고 붙일 법하다. 이 시집은 그야말로 바람에 부치는 앨범이라고 해도 과언이 아닐 정도로 바람에 대한 노래들로 넘쳐난다. 그런데, 바람뿐이랴, 바람 있는 곳에 따르기 마련인 꽃과 구름 그리고 나무들 역시 이 젊은 시인의 시계(視界)를 가득 메우고 있다. 그런데, 서둘러 단언하고 급히 오해를 막자면 이 시는 바람과 구름에 바치는 노래가 아니라 그들에게 부치는 노래라는 것을 우선적으로 말해야겠다. 틀림없이 자연물과 자연현상을 빈번하게 다루고 있는 시들 속에서 우리가 주요하게 읽어낼 수 있는 것은 대상으로서의 자연이나 본성으로서의 자연이 아니라 운동과 작용 그리고 효과로서의 자연이라고 할 수 있겠다. 아니, 보다 정확히 말하자면 이 시집은 자연을 다루고 있다기보다는 자연의 산물들이 만들어내는 장(場)을 우리의 눈앞에 드러내 보이고 있다고 하는 게 좋겠다. 다시 말해, 이 시집에 실린 노래들은 대상을 기리는 송(頌)이 아니라 대상에 대한 사유를 장중하게 드러내는 부(賦)에 가깝다는 것이다. 바람과 구름은 상찬의 대상이거나 위로의 기능물이 아니라 그 자체로 친교의 주체이며 밀어의 궁륭이다. 실상 이 시집의 모든 것은 자연의 주인공들이 서로 당겨 안고 밀어내는 리듬에 관한 것이다. 자연 앞에서 이은규는 호소하고 하소연하는 입이 아니고 태연함과 무사함의 기미를 맡는 코도 아니며 구원을 갈구하는 손도 아니다. 그는 나무, 바람, 구름 같은 것들이 나누는 친교의 밀어를 듣는 귀다.

2.
그러니, 우선, 귀 얘기를 먼저 하지 않을 수 없다.

누가, 두 귀를 잘라 걸어놓았을까

유리창 너머 금속성의 귀
노을을 흘리며 허공을 듣고 있는 청진기였다
의료에 쓰이기보다 헤드셋에 가까운

당신을 듣기 위해 항상 열어두었던 내 귀
채집된 음을 기억의 서랍 속에 숨겨놓은 날이 길다
귀는 깊어 슬픈 기관일 거라는 문장

말더듬이였던 당신
마음을 따라가지 못한 말들이 몸을 떠도는 거라는 소견이 있었다
함께 받은 처방은
구름의 운율에 따라 문장 읽기를 하라는 것
혹은 가슴에 귀를 대고 기다려주기

청진, 듣는 것으로 보다
(……)

이제 당신은 멀리 있고
청진할 수 있는 날이 오지 않을 것이므로
두 귀는 고요한 서랍이다

그때의 구름만 내재율로 흐르는 창
—「청진(聽診)의 기억」 부분

가장 고귀한 감각은 시각이라고 말했던 한 근대 철학자의 말마따나 보는 것이 으뜸인 까닭인지 듣는 것은 항상 다른 감각에 부속되거나 적어도 수동적인 것으로 인식되어온 것이 보통이다. 물론 백 번 듣는 것이 한 번 보는 것과 동등하게 교환되지 못하는 일상의 세계에 우리는 살고 있다. 그런데, 듣지 않으면 안 되는 일들이 있다. 들어야만 하는 일들도 있고 들을 수밖에 없는 일들도 있다. 인용된 시의 말마따나 청진(聽診)은 듣는 것으로 보는 것일 터이다. 들리지 않는 것을 보려고 할 때 상상력은 종종 의혹과 인과에 휩쓸린다. 그러나 보이지 않는 것을 듣고자 할 때는 얼마나 다른가. 들을 때, 우리는 대상과 함께 중심을 맞든다. 빛의 미궁이 지닌 비정보화의 영역보다 소리의 중심이 지은 불명(不

明)의 미궁이 듣는 상상력의 거처로 알맞다. 보면 거머쥐고 들으면 밀교한다. 그것이 청진의 운명이다. "귀는 깊어 슬픈 기관일 거라는 문장", 그것은 관계의 미궁에 관한 문장이다.

이은규가 전하는 또 하나의 문장, 말을 더듬는 이가 전하지 못한 말이 몸을 떠돈다는 문장은 아름답다. 그러니까, 두 개의 말이 떠돈다. 말을 더듬는 '당신'이 전하지 못하는 말의 일부는 당신의 몸 안을 떠돌고 일부는 '음을 채집하는 나'의 "기억의 서랍" 속에 유폐된다. 말더듬이와 소리더듬이가 한 소리를 둘로 나누어 지닌다. 하나는 몸속에 또 하나는 기억 속에. 지시 대상의 과녁으로 화살처럼 날아가지 못하는 말, 그 말의 이중적 삶—소리의 도플갱어랄까—이 있기에 청진은 항시 지연된 도달이며 미만한 소통이다. 짝패를 찾기 위해, 말의 조각을 찾기 위해 듣는 이의 귀가 여기 있다.

3.

모든 소리들이 죽지 않는 건 귀가 있기 때문이다

귀는 당신의 말들로 붐비고
이미 듣지 않거나, 돌려보낼 수 없는 약속들의 절기
화색(花色)의 속도가 바람으로 질 때
꽃을 잃어버린 나무는 서둘러 푸른 잎들을 틔운다

잎은 꽃에게로 열린 나무의 귀

일렁이는 잎들은 허공의 소관일 것
바람을 동경해 바람으로 흩어진 사람이 있다
들리는 순간 약속이 되어버린 말들
오래전 들었던, 그러나 돌려보낼 곳을 잃은

나무는 봄 내내 난청을 앓다
꽃이 보이는 순간, 제 그림자로 지는 화색을 듣게 될 것이다

착란의 봄이 꽃을 따라가면
남겨진 나무의 계절이란 꽃 진 자리의 허공을 견디는 일
귀는 한 목소리를 가진 말들로 붐비고
나무의 난청은 꽃에게서 와서 꽃에게로 가는 중이다

누워서도 아직 흔들리고 있을까
땅 밑을 흐르고 있을 추운 바람

서서히 청력을 잃는 방법, 미로성(迷路性) 난청을 소원하다
길을 잃어버린 그해 꽃이 다시 들려올까
몇 잎의 귀를 떨어뜨리며 묻는 나무에게

추운 바람을 빌어 잎들을 거둘 뿐이다
언젠가 난청의 소원이 이뤄질 때

꽃, 닫힌 귀의 나무 그림자로 지는
—「꽃은 나무의 난청이다」 전문

난청이란 무엇인가? 소리의 영역에서 그것은 들음의 어둠이다. 다시 말해 그것은 결여의 표지이다. 시가 결여로 숨 쉰다는 현자들의 잠언을 귀담아 듣자. 난청을 초점화함으로써 이은규는 벌써 시의 핵심에 다가가고 있다. 그의 시를 움직이는 것은 바로 이런 방식의 결여다. 미리 말해두건대, 그가 사이와 허공에 그토록 예민한 것은 그것이 바로 결여의 중심이기 때문이다. 그러나, 우리는 그 중심에 가닿기 전에 청진이 자연에 대해 어떤 사태를 낳는지를 조금 더 보기로 하자.

자연을 다룬 이은규 시의 중요한 특징은 듣기 때문에 세팅되는—이 어설픈 외래어로 표현할 수밖에 없는 게 아쉽다—관계와 운동을 대상물 대신 늘 시의 중심에 둔다는 것이다. 꽃이 바람이 구름이 나무가 초점을 받는 것이 아니고 이들의 밀교가 그 중심에 놓인다는 것이다. 달리 말해 그는 그 관계의 밀어를 시로 발설하고 있다는 것이다.

인용된 시에서 꽃과 나무의 관계는 앞서 살펴본 시에서 말더듬이의 말을 온전히 지니지 못하고 일부만 서랍에 지니며 그것이 정말 저 말더듬이의 것인지를 항상 궁금해한다는 소리더듬이와 말더듬이의 관계와 조금도 다르지 않다. 자연에 대한 이런 통찰이 젊은 시인들에게 있어왔는가? 꽃 진 나무가 허무와 상실의 메타포가 아니라 발화를 분절시키고, 못 들어 '미치는' 귀로 실존한다는 말을 들어본 일이 있는가? 잠시 눈앞에 반짝였던 발화 때문에 귀는 내내 난청을 앓는다. "들리는 순간 약속이 되어버린 말들/ 오래전 들었던, 그러나 돌려보낼 곳을 잃은" 말들, 현재의 발설이 바로 미래의 퍼즐이 되는, 제 난 곳 모르는 말들을 섞는 것이 꽃과 나무의 주업이라니.

그러니, "나무의 난청은 꽃에게서 와서 꽃에게로 가는 중이다"라는 문장은 예사롭지 않다. 이 문장은 "마음을 따라가지 못한 말들이 몸을 떠도는 거"(「청진의 기억」)라는 문장의 패러프레이즈이다. 꽃과 나무를 말더듬이와 소리더듬이로 듣는 귀가 있다는 말이 사실이잖은가?

그러니, "미로성(迷路性) 난청"을 소원한다는 것은 '부재를 휩싸고 도는 침묵의 노래'를 갈구한다는 바로 그것과 전혀 다르지 않다.

4.

그렇다면 그는 무엇을 듣는가? 그의 경청의 시선은 침묵과 사이와 허공을 향한다.

펼쳐놓은 책장에 숨어 있는 길
문장보다 즐겨 읽는 행간 사이, 그늘이 고인다

책을 읽다 바라본 하늘
새 한 마리 허공에 곡선을 그리며 지나갈 뿐
그때 구름은 흩어지며 아플까, 아프지 않을까

묵독이 알맞은 절기

한 목소리의 부재가 없는 목소리로 이어지고
길 위를 서성이는 그림자 한 뼘씩 길어진다
행간의 그늘에 물들어버린 동공
이제 동공은 활자들의 리듬에 따라 움직일 것

음독(音讀)이 전부였던 시간이 있었다
인간의 목소리가 잠든 활자를 깨워준다고 믿었던 때
믿음은 깨지는 순간 비로소 믿음이다
묵독의 기원은 경전을 동공에 새기려 했던
어느 불온한 수도사에게 있다
기록되는 순간, 잠들어버릴 문장보다
행간 사이를 헤매는 것으로 길을 찾고 싶었을
그는 동공에 고인 그늘이 무거웠을까, 무겁지 않았을까

이단의 독법이라며 수군거렸을 입들
얼마 후 그를 봤다는 사람을 찾을 수 없었다

부재하는 목소리의 그림자가 길어질수록
내내, 묵독의 절기를 건너야 할 동공
기록되지 않을 새의 날갯짓이 사라지고
허공의 밑줄 아래로 흩어졌다 모이는, 한 점 구름
—「묵독(默讀)」 전문

이 시에서 주목해야 할 것은 침묵과 사이 그리고 허공이라고 할 수 있다. 물론 이들의 공통점은 비어 있음이며 중요한 것은 그것이 단지 아무것도 없음을 의미하는 것이 아니라는 것이다. 이 공동(空洞)은 실체들의 좌석이 아니라 사물들이 운동하고 작용하는 공간이라는 의미를 지닌다. 다시 말해 그것은 실체의 공간이 아니라 관계의 공간이다. 침묵이란 목소리와 목소리의 사이지만 다른 식으로 말하자면 "한 목소리의 부재가 없는 목소리로 이어지"는 시간의 공동이라고 할 수 있다. 그러니까 침묵은 소리의 길 잃음이 아니라 "행간 사이를 헤매는 것으로 길을 찾고 싶었"던 이가 운동하는 영역이다. "부재하는 목소리의 그림자가 길어질수록" 침묵은 더욱더 간절한 운동이 된다. 음독(音讀)은 실체를 일일이 호명하는 일이다. 반면 묵독은 실체들 사이를 해독하는 행위이다. 그렇기에 그것은 "사이"이자 "허공"과 결연된 행위이다. 이 시인은 이처럼 부재와 결여로부터 사이로 이동한다.

눈썹과 눈썹 사이
미간이라 부르는 곳에 눈이 하나 더 있다면
나무와 나무 사이
고인 그늘에 햇빛 한줄기 허공의 뼈로 서 있을 것

최초의 방랑은 그 눈을 심안(心眼)이라 불렀다
왜 떠도는 발자국들은 그늘만 골라 딛을까
나무 그늘, 그의 미간 사이로 자라던 허공의 뼈

먼 눈빛보다 미간이 좋아
바라보며 서성이는 동안 모든 꽃이 오고 간다

나무가 편애하는 건 꽃이 아니라 허공
허공의 뼈가 흔들릴 때 나무는 더이상 직립이 아니다
그늘마다 떠도는 발자국이 길고
—「미간(眉間)」 부분

이 시의 제목은 미간이다. 음독에서 글자가 아니라 글자 사이를 읽는 이가 있듯이 여기에는 눈썹을 바라보는 것이 아니라 눈썹 사이를 보는 이가 있다. 그리고 미간에 대한 응

시는 이내 “나무 사이”에 대한 상상력으로 확장되며 사이는 곧 “허공”으로 팽창한다. 이 시인의 “심안”이 무엇을 지향하는지는 바로 이 구절, “나무가 편애하는 건 꽃이 아니라 허공”이라는 구절에 집약되어 있다. 그러니까, 관심사를 꽃으로부터 나무로 옮겨온 귀는 다시 허공을 향한다. 이것은 꽃과 나무에 대한 형태적 상상력만으로는 어림없는 일, 이은규의 상상력은 자연을 주요 소재로 삼아 전개되지만 이처럼 개별 사물들에 대한 형태적 상상력에 그치는 것이 아니라 사이와 허공 즉 운동과 관계를 중심으로 한 역동적 상상력에 기반해 있음을 이제 확인할 수 있다. 다음과 같은 시는 그 단적인 예라고 할 수 있다.

문득 놓치고, 알은 깨진다

깨지는 순간 혈흔의 기억을 풀어놓는 것들이 있다
점점의 붉음
어느 철학자는 그 흔적을
날개를 갖지 못한 새의 심장이 아닐까 물었다
이미 흔적인 몇 점의 혈흔에서 심장 소리를 듣다니
모든 가설은 시적일 수밖에 없고
시간은 어떻게 그 가설들로 추상을 견디길 요구할까
시적인 철학자의 귀는 밝고, 밝고

날개를 갖지 못한 알 속의 새는 새일까, 새의 지나간 후생(後生)일까

경계도 없이 수많은 가설들이 붐비고
깨져버린 알이나 지난봄처럼
문득 있다가, 문득 없는 것들을 뭐라 불러야 하나

깨진 알에서 혈흔의 기억을 보거나
혹은 가는 봄날의 등에 얼굴을 묻거나
없는 새에게서 심장 소리 들려올 때
없는 봄에게서 꽃의 목소리 들려올 때
그 시간을 살기 위해 견딤의 가설을 세우다

새가 되어보지 못한 저 알의 미지는 바람일 것
허공에 스민 적 없는 날개는 다스릴 바람이 없다
이음새가 없는 새의 몸
바람으로 머물던 흔적이 곧 몸이다
너무 멀리 날아가서 다스릴 수 없는 기억처럼
새, 바람이 되지 못한 것들의 배후는 허공이 알맞다

새의 심장이 보내온
먼 곳의 안부를 깨진 알의 혈흔에서 듣는다
—「허공에 스민 적 없는 날개는 다스릴 바람이 없다」

전문

그토록 예민하게 사이를 들여다보는 일, 아니, 보다 정확히는 사이를 듣는 일이 무엇으로부터 발원하는가를 이 시에서 확인해볼 수 있다. 한순간의 부주의로 깨어진 알이 있다. 본래 삶이란 돌이킬 수 없는 한순간의 치명적 부주의들을 품고 있기 마련이다. 문제는 돌이킬 수 없다는 것이다. 그리고 돌이킬 수 없다면 잊거나 지워야 하고 잊을 수 없다면 견뎌야 한다는 것이다. 알의 깨어짐을 있음과 없음의 틀로만 설명하려 한다면 존재는 배타적인 0과 1로 단속적으로만 모습을 드러낼 뿐이다. 그러나, 듣는 이들에게, '귀가 밝은' 이들에게 존재는 비존재와의 관계 속에서 사이와 허공으로 자신을 현상한다. "문득 있다가, 문득 없는 것들을 뭐라 불러야 하나".

그러나 중요한 것은 호명이 아니다. 중요한 것은 실체로서의 이름을 부여하는 작업이 아니라 없음이 있음의 결여가 아니라 미만이라는 사실에 대한 인지이다. 형태가 아니라 운동 속에서 "없는 새에게서 심장 소리 들려올 때" 그것을 듣는 이들은 어떻게 자신을 허망으로부터 구제하는가? 바로 이 문제를 위해 "견딤의 가설"이 필요하다. 즉, 사이와 허공의 발견은 없는 새에게서 심장 소리를 듣는 이가 세운 견딤의 가설로 기능한다. 어떻게? "너무 멀리 날아가서 다스릴 수 없는 기억처럼/ 새, 바람이 되지 못한 것들의 배후는 허공이 알맞다"는 구절이 그 대답이다. 그러니까, 바로 사이와 허공을 배후로 요청함으로써 그건 가능해진다. 다시 말하자면 사이와 허공은 지나간 것들, 사라진 것들을 단지 삭제된 것으로부터 구제하기 위해 있음의 배후로 요청된 것이다. 그렇게 해야 깨진 알 속에 있던 새의 심장을 소생시킬 수 있다. "새의 심장이 보내온/ 먼 곳의 안부를 깨진 알의 혈흔에서 듣는다"는 문장은 절실하고, 절실하여 아름답다. 사이와 허공을 요청하는 것으로, 삭제된 것은 복원되고 부재는 견딜 만해지기 때문이다.

5.

따라서 이 시집의 주된 표정들 속에서 순간적으로 스쳐 가는 다음과 같은 구절은 부재와 견딤 그리고 요청이라는 맥락에서 언급되어야 할 것이다.

> 시가 존재하지 않는다면
> 나는 혁명을 과거사라고 믿는 당신에 불과할 것이다
> 아직 별들의 몸에선 운율이 내리고
> 당신과 나의 정체는 우리 자신을 앞지르며 밝혀질 것
> —「아직 별들의 몸에선 운율이 내리고」 부분

시가 혁명의 대안이 될 수는 없다. 그러나, 시는 부재하는

것들의 사이가 될 수 있고 과거를 그저 과거로, 상실과 삭제를 그저 0의 사건으로 봉인하는 대신 계속해서 깨진 알 속의 심장 소리를 듣는 이에게 '견딤의 가설'이 될 수 있다. 이 시집에 실린 좋은 시들 중에서도 유독 눈에 띄는 다음과 같은 시는 굳세고 아름답다.

그가 음독(飮毒)하며 중얼거렸다는 말
인간은 원하는 것을 진실이라고 상상한다

천문학자가 아니었으며
심지어 정치를 했다는 이력으로 한 죽음을 이해할 필요는 없고

눈이 아프도록 흩뿌려진 별 아래
당신의 몸속 세포와
궤도를 도는 행성의 수가 일치할 거라는 상상이 길다

저 별이 보입니까
저기 붉은 별 말입니까

조용한 물음과 되물음의
시차 아래
점점 수축되어 핵으로만 반짝이던

한 점 별이 하얗게 사라지는 중이다

어둠을 찢느라 지쳐버린 별빛은
우리의 눈꺼풀 위로 불시착한 소식들
뒤늦게 도착한 전언처럼
우리는 별의 지금이 아니라 지나온 시간을 마주할 수 있을 뿐

어떤 죽음은 이력을 지우면서 완성되고
사라지는 별들이 꼬리를 그리는 건
그 속에 담긴 질문이 너무 무거워서일지도 모른다

불가능하게 무거운 저 별, 별들
—「별들의 시차」 전문

인간은 원하는 것을 진실이라고 상상한다는 말은 목표와 성과라는 좌표 속에서는 실패와 위로의 말로 풀이될 수 있다. 그러나, 있음과 없음의 사이를 들어본 이에게 그것은 시차의 문제가 된다.

한 삶이 소진되고 있다. 하마터면 소멸에 닿을 죽음은 견딤의 가설을 통해 시차의 문제로 환생한다. 죽음이 환생한다는 아이러니. 별빛은 항시 "뒤늦게 도착한 전언", 별빛을 마주할 때 우리는 이력을 마주한다. 별빛이 그렇듯 죽음은

시차와의 대면이다. 견딤의 가설을 통해 우리는 죽음 앞에서 0으로부터 1로의 현현이 1과 0 사이의 거리를 물리적으로 환산시켜주는 현장과 대면한다. 어떤 죽음은 이루어지지 않은 소망과 가닿지 못한 진실을 실패의 내력으로 새기는 것이 아니라 사이의 물리적 현현으로 기억하게 한다. 어떤 죽음 앞에서 소망은 허공이고 진실은 사이이다. 그것은 비어 있음이 아니라 운동함의 흔적이다. 불가능하게 무거운 별처럼. 죽음의 시차 역시 견딤의 내력을 통해 가벼움의 무게를 단다. 시가 주관하는 일이다.

이은규 1978년 서울에서 태어났다. 2006년 국제신문, 2008년 동아일보 신춘문예를 통해 등단했다.

문학동네시인선 018
다정한 호칭

1판 1쇄 2012년 4월 20일
1판 18쇄 2024년 9월 25일

지은이 | 이은규
책임편집 | 김민정
편집 | 김필균 강윤정 김형균
디자인 | 수류산방(樹流山房) 본문 디자인 | 유현아
저작권 | 박지영 형소진 최은진 오서영
마케팅 | 정민호 서지화 한민아 이민경 왕지경 정경주 김수인 김혜원 김하연 김예진
브랜딩 | 함유지 함근아 박민재 김희숙 이송이 박다솔 조다현 정승민 배진성
제작 | 강신은 김동욱 이순호
제작처 | 영신사

펴낸곳 | (주)문학동네
펴낸이 | 김소영
출판등록 | 1993년 10월 22일 제2003-000045호
주소 | 10881 경기도 파주시 회동길 210
전자우편 | editor@munhak.com
대표전화 | 031) 955-8888 팩스 | 031) 955-8855
문의전화 | 031) 955-2696(마케팅), 031) 955-2678(편집)
문학동네카페 | http://cafe.naver.com/mhdn
인스타그램 | @munhakdongne 트위터 | @munhakdongne
북클럽문학동네 | http://bookclubmunhak.com

ISBN 978-89-546-1781-9 03810

* 이 시집은 2008년도 한국문화예술위원회 문예진흥기금을 수혜하였습니다.

www.munhak.com
문학동네